P9-DXK-119

La Reina de las Nieves

Dirección editorial: Raquel López Varela
Coordinación editorial: Ana María García Alonso
Maquetación: Concepción Moratiel

Título original: *Die Schneekönigin*
Traducción: Guillermo Raebel

P. O. Box 10 03 25 - 73703 Esslingen - GERMANY
EDITORIAL EVEREST, S. A.
Carretera León-La Coruña, km. 5 - LEÓN
ISBN: 84-241-1629-1
Depósito Legal: LE. 517-2005
Printed in Spain - Impreso en España

EDITORIAL EVERGRÁFICAS, S. L.
Carretera León-La Coruña, km. 5
LEÓN (España)
Atención al cliente: 902 400 123
www.everest.es

La Reina de las Nieves

Hans Christian Andersen

Adaptado por
Arnica Esterl
Ilustrado por
Anastassija Archipowa

EVEREST

Primera historia:
El espejo y las esquirlas

Sucedió en cierta ocasión que el demonio estaba de un humor realmente excelente, y ello se debía a que aquel mismo día había conseguido fabricar un espejo muy especial. Un espejo que poseía la propiedad de hacer desaparecer, casi por completo, todo lo bueno y hermoso que en él se reflejaba, y que conseguía, además, que en él apareciese acentuado y más grande todo aquello que era completamente inútil o que ya de por sí era feísimo. Los paisajes más maravillosos tenían todo el aspecto de espinacas hervidas, y las personas que eran sensibles y cariñosas se convertían en antipáticas y repugnantes. Si uno tenía una pequeña peca en la cara y se miraba en este espejo, podía estar seguro de que la vería enorme, cubriéndole toda la nariz y la boca. Y si a alguien se le ocurría una buena idea, en el espejo sólo vería una risa de conejo, sardónica y maligna. ¡Había que ver cómo se divertía el diablo! Y el alumno que asistía a su escuela de magia diabólica, porque también dirigía una escuela, explicaba luego por todas partes que había sucedido un verdadero milagro, porque sólo ahora, por fin, era posible ver y comprobar cómo eran de verdad el mundo y las personas. Los diablos corrían con el espejo por todo el mundo, y al final no hubo país ni persona que no se hubiese visto completamente falseado en él.

Pero aquellos maléficos espíritus deseaban también subir personalmente al cielo, para poder reírse allí de los ángeles y del buen Dios. Cuanto más alto volaban con el espejo, tanto más sarcásticas eran sus risas. Apenas podían sujetarlo. Volaban a más y más altura, y cada vez estaban más cerca de los ángeles y de Dios. Pero el espejo, por culpa de sus diabólicas risotadas, comenzó a moverse con tanta fuerza que se les fue de las manos y se estrelló contra el suelo, donde se quebró en cientos de pedacitos, o quizá más aún, en millones de pedacitos. Y fue a partir de ese momento, cuando causó más desgracias, muchas más que antes, porque algunos fragmentos del espejo no eran mayores que un granito de arena y és-

tos volaron alrededor de todo el mundo. Pero dado que todos y cada uno de estos minúsculos fragmentos poseía exactamente el mismo poder que el espejo entero, al penetrar en los ojos de las personas, éstas veían todo del revés, o sólo veían lo negativo de la vida y de las cosas.

Estas diminutas esquirlas del espejo podían incrustarse también en el corazón de algunas personas, y esto fue, quizás, lo peor de todo; el corazón se transformaba entonces en un pedazo de hielo. Otros pedacitos del espejo se ocultaban en las gafas de las personas y si éstas se las colocaban para ver mejor, lo pasaban francamente mal.

El maldito diablo, de tanto reír, casi revienta, lo que para él no dejaba de ser como un cosquilleo muy agradable. Pero las diminutas esquirlas del espejo seguían volando por todo el mundo. Y siendo así ¡ahora veremos lo que sucedió!

Segunda historia: Un chico y una muchachita

En una gran ciudad vivían dos pobres niños, que no eran hermano y hermana, pero que se querían tanto como si lo hubiesen sido. Sus padres vivían en dos pequeñas buhardillas que estaban situadas una enfrente de la otra.

Delante de las ventanas habían sido instalados unos grandes cajones de madera y en ellos crecían y florecían unos rosales maravillosos. Como ambos cajones eran muy grandes, a los niños se les permitía muchas veces salir por la ventana y sentarse junto a aquellos espléndidos rosales. Allí podían jugar y ser felices.

Esta diversión, sin embargo, desaparecía con la llegada del invierno. Los cristales de las ventanas quedaban entonces totalmente cubiertos de hielo, pero entonces los niños calentaban unas monedas de cobre encima de la estufa y las arrimaban luego a la respectiva ventana helada. De esta forma fundían el hielo y conseguían una mirilla redonda, detrás de la cual podía verse cómo parpadeaba un ojo de Kay y otro de Gerda. Durante el verano, los niños, saltando de cajón en cajón, podían estar juntos, pero en invierno estaban obligados a bajar y subir muchas escaleras, pues la nieve lo cubría todo.

—Los copos de nieve son como abejas blancas que forman enjambres —les dijo la abuela.

—¿Y tienen también una reina? —preguntó el pequeño Kay.

—¡Claro que la tienen! —dijo la abuela—. ¡Está volando siempre donde más denso es el enjambre! En ciertas noches de invierno vuela por las calles de la ciudad y mira a través de las ventanas. Es entonces cuando los cristales se hielan de forma tan caprichosa dibujando campos de flores.

—¿Y la Reina de las Nieves puede entrar aquí? —preguntó la pequeña Gerda.

—Deja que venga —dijo el muchacho—, yo la cogeré y la pondré encima de la estufa caliente para que se funda.

Por la noche, una vez en su casa, el pequeño Kay se subió a una silla colocada delante de la ventana y miró a través de la pequeña mirilla redonda. Afuera cayeron un par de copos de nieve y uno de ellos, el más grande, se posó sobre

el borde de uno de los cajones de flores: vio entonces cómo el copo de nieve crecía y crecía hasta convertirse al final en una dama fabulosamente hermosa. Su vestido estaba hecho de millones y millones de copos en forma de estrellas. Con la cabeza y la mano le hizo un gesto a Kay. Éste, asustado, saltó de la silla. Y tuvo entonces la sensación de que un pájaro muy, muy grande, pasaba volando por delante de la ventana. El día siguiente amaneció claro y precioso, pero como hacía un frío terrible, todo estaba helado. Luego, una vez más, comenzaron a germinar los brotes verdes de las plantas, éstas retoñaron y muy pronto llegó el verano. Los rosales florecían más hermosos que nunca, y la pequeña Gerda cantaba:

La rosa florece y se marchita,
¡al Niño Jesús haremos
una visita!

Los dos pequeños mantenían sus manos entrelazadas. Pero Kay, inesperadamente, exclamó:

—¡Au! ¡Noto unos pinchazos en mi corazón, y ahora también en los ojos!

Gerda se sobresaltó y quiso ayudarle, pero Kay, para tranquilizarla, le dijo:

—Ya no noto nada más. Creo que se han ido.

Pero no habían desaparecido. Se trataba de uno de aquellos granitos de cristal del espejo mágico. El corazón de Kay se transformaría muy pronto en un pedazo de hielo.

—¡No llores! —dijo ahora bruscamente—. Así estás feísima. ¿No ves que no me falta nada? ¡Además, aquella rosa está podrida y llena de gusanos, y aquel otro rosal está torcido! La verdad es que son unas rosas feísimas.

Dio un puntapié al cajón y luego arrancó los rosales.

Fueron transcurriendo los días y las semanas, y Kay iba cambiando poco a poco. Ya no quería seguir jugando con la pequeña Gerda, es más, incluso se burlaba de aquella muchacha que le quería de todo corazón. Un día de invierno apareció con su trineo, diciéndole a Gerda:

—Voy a jugar a la Plaza Grande, con los otros muchachos —y se marchó rápidamente.

La Plaza Grande era muy divertida. Los muchachos más audaces

ataban sus trineos a los carros de los campesinos y se dejaban arrastrar un rato. De repente apareció un trineo muy grande, conducido por una persona envuelta en un manto de pieles blancas. El gran trineo dio dos vueltas a la gran plaza y Kay, siempre despierto, consiguió sujetar su pequeño trineo al grande, creyendo que el viaje sería divertido. En un abrir y cerrar de ojos se dirigieron hacia la bocacalle siguiente y luego atravesaron la puerta de la ciudad. En este momento empezó a nevar intensamente y Kay quiso desatar su trineo, pues no deseaba continuar con aquella carrera detrás del trineo grande, pero le fue imposible. Gritó entonces con todas sus fuerzas, pero el gran trineo seguía volando. Sólo al cabo de mucho tiempo, el trineo, por fin, se detuvo y se puso de pie la persona que lo conducía. Era una señora alta y esbelta, de un blanco resplandeciente: era la Reina de las Nieves.

—¡Hemos viajado perfectamente! —dijo. Luego sentó a Kay a su lado en el pescante y lo abrigó con unas pieles—. ¿Tienes frío? —le preguntó, mientras besaba su frente.

¡Oh! ¡Este beso era más frío y penetrante que el hielo! Notó un intenso frío en el corazón, cuya mitad derecha ya se había convertido en un pedazo de hielo. La Reina de las Nieves besó una vez más a Kay y éste se olvidó entonces de Gerda, de la abuela y de todos los de su casa. El trineo volaba ahora por encima de bosques y lagos, por encima de países y de mares; un viento muy frío silbaba debajo de ellos, pero en las alturas brillaba una luna grande y clara, Kay se quedó embelesado, contemplándola durante toda la larga noche invernal. Pero durante el día dormía a los pies de la Reina de las Nieves.

Tercera historia:
El jardín de flores de la mujer que empleaba encantamientos

Al comprobar que Kay no regresaba, Gerda estuvo llorando durante todo el invierno. La gente afirmaba que había muerto, que se había ahogado en el río.

Luego llegó la primavera.

—Kay ha muerto —dijo la niña.

—¡Yo no lo creo! —respondió el rayo de sol.

—¡Ha desaparecido y está muerto! —dijo Gerda a las golondrinas.

—¡No lo creemos! —respondieron éstas, de forma que la pequeña Gerda, al final tampoco lo creyó.

—Me pondré mis zapatos rojos nuevos —dijo una mañana—, y le preguntaré al río si sabe dónde está Kay.

Besó a la abuela y ella solita se dirigió hacia la orilla del río.

—¿Es cierto que me has robado a mi compañero de juegos? ¡Si me lo devuelves te regalaré mis zapatos rojos!

Se descalzó y arrojó los zapatos al río. Pero la corriente los depositó otra vez en la orilla. Gerda creyó entonces que no los había lanzado lo suficientemente lejos, así es que se encaramó a una barca que estaba amarrada entre los juncos y fue balanceándose de un extremo al otro de la barca para arrojar otra vez sus zapatos al agua, esta vez más lejos. Pero la barca, debido a los bruscos movimientos, se soltó de su amarre y empezó a alejarse de la orilla, deslizándose por la corriente. La pequeña Gerda se asustó muchísimo; empezó a gritar y a llorar, pero nadie, excepto los gorriones, podía escucharla. Y las aguas seguían empujando la barca corriente abajo...

"Podría ser que el río me conduzca hasta Kay", pensó Gerda al cabo de cierto tiempo y empezó a tranquilizarse y a recobrar su buen humor.

Llegó luego a un gran jardín poblado de cerezos, un maravilloso cerezal, donde había una casita con curiosas ventanas rojas y azules. El tejado era de paja y dos soldados de madera montaban guardia delante de la casa, además de saludar y presentar armas a todos los que pasaban por allí. Gerda los llamó y saludó. Vio entonces a una viejecita que, apoyada en su cachava, se acercaba para saludarla.

—¡Pobre niña! —le dijo la vieja—. ¿Cómo se te ha ocurrido dejarte arrastrar por esta corriente tan impetuosa?

Se aproximó más a la orilla y con la cachava arrastró la barca a tierra.

Gerda se alegró mucho de poder pisar otra vez tierra firme y seca, aunque no dejase de tener un poco de miedo de aquella mujer desconocida. Pero ésta le dijo:

—¡No temas, pequeña, ven conmigo y explícame quién eres y cómo has llegado hasta aquí!

Y Gerda se lo explicó todo.

La vieja no hacía más que mover la cabeza, afirmando una y otra vez que no había visto al pequeño Kay.

—Quizá venga —añadió—, no te preocupes ni te aflijas demasiado. Come mientras tanto mis sabrosas cerezas y disfruta de estas maravillosas flores.

Mientras Gerda comía, la vieja le peinaba los cabellos con un peine de oro; y así fue como Gerda fue olvidándose de Kay.

Aquella mujer desconocida sabía emplear los encantamientos; pero no era una mala mujer, sólo deseaba privar a Gerda de la me-

moria para que permaneciese a su lado.

Por este motivo, se fue luego al jardín y con su cachavita tocó todos los rosales, los cuales se hundieron inmediatamente en la tierra. La vieja temía que Gerda, si veía las rosas, recordase las suyas, se acordase también del pequeño Kay y la abandonase. Y así fue como Gerda vivió día tras día en aquel maravilloso jardín.

Pero en cierta ocasión descubrió que la vieja llevaba una rosa prendida en la cofia. Entonces Gerda empezó a saltar entre los parterres, a buscar y rebuscar, pero no logró encontrar ni un solo rosal y rompió a llorar desconsoladamente. Pero dio la casualidad

de que sus lágrimas fueron a caer sobre el lugar donde estaba enterrado un rosal. Éste brotó ahora con fuerza, con más belleza si cabe que antes de hundirse en la tierra, y Gerda empezó a besar las flores y a recordar las rosas de su casa, y también a Kay. Entonces preguntó al rosal:

—¿Dónde está Kay? ¿Es que ha muerto?

—No —respondieron las rosas—, y nosotras lo sabemos bien porque hemos estado enterradas; allí abajo están todos los muertos, pero Kay no estaba con ellos.

Gerda abrió entonces la puerta del jardín y, descalza como iba, echó a correr. El otoño vivía sus últimos días, aunque la muchacha en aquel hermoso jardín encantado, no se había podido percatar de ello.

Cuarta historia: El príncipe y la princesa

El mundo estaba envuelto en una neblina gris y fría, y Gerda tenía necesidad de descansar pues sus pies estaban lastimados. Una corneja se sentó en la nieve, delante de ella, ya que era muy curiosa y deseaba saber qué es lo que hacía Gerda tan sola. Ésta empezó a explicarle su triste destino, pero preguntando al mismo tiempo a la corneja si había visto a Kay.

Y la corneja meneó pensativamente la cabeza a uno y otro lado, y le dijo:

—¡Podría ser! ¡Podría ser!

—¡Oh! ¿Estás segura? —dijo la muchacha. Y con sus besos y abrazos estuvo a punto de ahogar a la corneja.

—¡Has de ser discreta! —le dijo ésta—. Creo que lo sé. Por lo menos, me lo imagino. Pero lo más probable es que te haya olvidado por culpa de la princesa.

—¿Es que vive con una princesa? —preguntó Gerda.

—Sí. ¡Escucha! —dijo ahora la corneja—. En el reino en que ahora nos encontramos vive una princesa extraordinariamente inteligente. Fíjate si es inteligente que ha leído todos los libros que hay en el mundo y luego los ha olvidado. Recientemente se decidió y, por fin, quiso elegir un esposo; éste no sólo había de ser muy distinguido, sino que tenía que estar en condiciones de hablar con gran elocuencia e inteligencia. Tan pronto como el país conoció la noticia, fueron muchos los pretendientes que acudieron a palacio. Todos hablaban con gran elocuencia, pero sólo mientras estaban en la calle, porque cuando comparecían ante el trono en el que se sentaba la princesa, se sentían turbados e incapaces de articular una respuesta.

—¿Pero qué tiene que ver todo esto con Kay? —preguntó Gerda muy impaciente. ¿Es que también él se presentó?

—¡Espera! ¡Espera! Esto sucedió el tercer día. Llegó al palacio un muchacho muy alegre, eso sí, sin caballo ni carruaje. Sus ojos brillaban, sus largos cabellos eran sedosos, preciosos, pero sus vestidos eran pobres.

—¡Éste era Kay! —exclamó jubilosa Gerda.

—Y llevaba una pequeña mochila a la espalda —dijo la corneja.

—No, era su trineo, estoy convencida —respondió Gerda.

—Podría ser —dijo la corneja—, no me fijé demasiado en eso. Pero lo decisivo fue, a fin de cuentas, que el muchacho era alegre e inteligente, y que hablaba con gran elocuencia. Por todo ello la princesa lo quiso por esposo.

—Estoy segura de que ése era Kay —opinó Gerda—. Siempre ha sido muy inteligente. ¡Oh! ¡Condúceme inmediatamente al palacio!

La corneja la ayudó encantada. Solicitó la colaboración de su novia, una corneja muy dócil que vivía en el palacio. Por una escalera secreta condujo a la pequeña Gerda hasta el dormitorio de la princesa. En el centro había dos lechos, parecidos a unos lirios, que pendían de un grueso tallo.

Uno de ellos era blanco y en él reposaba la princesa; el otro era rojo y Gerda sólo pudo ver un cuello moreno en su interior.

—¡Kay! —exclamó Gerda.

Pero no era Kay quien allí dormía, sino un joven príncipe. Gerda rompió a llorar amargamente y relató a la princesa y al príncipe su triste historia.

—¡Pobre muchacha! —dijeron ambos—; el príncipe abandonó el dormitorio para que Gerda pudiese reposar en su lecho.

Al día siguiente le entregaron valiosos vestidos, una carroza dorada, caballos y lacayos y así es como una vez más se puso en camino para ir a buscar a su querido Kay.

Quinta historia:
La pequeña bandolera

La carroza viajaba en cierta ocasión a través de un bosque muy oscuro. Pero al brillar como el oro, atrajo la atención de unos malvados bandoleros. Éstos salieron del bosque y asaltaron la carroza, sujetaron a los caballos, mataron al cochero y a los lacayos y obligaron a Gerda, por la fuerza, a descender de la carroza.

—Está bien llenita, estoy segura de que ha sido alimentada con muchas nueces —dijo la vieja bandolera—. Me la comeré enterita. ¡Seguro que su sabor es exquisito!

Pero intervino entonces la pequeña bandolera, quien inmediatamente exclamó:

—¡No y no! ¡Yo quiero que juegue conmigo! ¡Quiero que me entregue su manguito de piel y su bonito vestido, y que duerma conmigo en mi cama!

Y mientras pronunciaba estas palabras, empezó a chillar y a patalear hasta que logró imponer su voluntad. Luego sujetó a Gerda por la cintura, diciéndole:

—¡Mientras no seas mala conmigo, no quiero que te sacrifiquen! ¿No serás, quizás, una princesa?

—No —respondió Gerda, y le relató todas sus experiencias, diciéndole además lo mucho que deseaba encontrar al pequeño Kay.

La pequeña bandolera hizo un gesto afirmativo con la cabeza y, muy seria, le dijo:

—Pues no quiero que te maten, aunque yo me enfade contigo.

La muchacha bandolera condujo más tarde a Gerda a un rincón donde había montones de paja y unas alfombras. Encima de unos listones de madera y de unas ramas se posaban más de cien pájaros. Dos palomas silvestres permanecían encerradas en una jaula, mientras un reno, con un brillante anillo alrededor del cuello, estaba atado a una estaca.

—Todos estos animales me pertenecen —dijo la pequeña bandolera—, pero cuéntame ahora una vez más todo lo que sabes del pequeño Kay.

Y Gerda empezó de nuevo su relato. La muchacha bandolera, al poco tiempo, se quedó dormida, pero la pobre Gerda no podía conciliar el sueño, no se le cerraban los ojos, tenía miedo de los bandoleros que estaban sentados afuera alrededor del fuego.

Fue entonces cuando las palomas torcaces empezaron a hablar.

—¡Garre! ¡Garre! Hemos visto a Kay. Una gallina blanca tiraba de su trineo; él iba sentado en el pescante del carruaje de la Reina de las Nieves que volaba por encima de las coronas de los árboles.

—Pero, ¿qué estáis diciendo? —dijo Gerda excitada—. ¿A dónde creéis que iba la Reina de las Nieves?

—Quizás a Laponia —dijo ahora el reno—. Allí tiene su tienda de verano, su palacio está en el polo norte.

A la mañana siguiente, Gerda le explicó a la pequeña bandolera todo lo que había averiguado, así es

que ésta, después de reflexionar un poco, le dijo:

—Todos los hombres se han marchado, sólo mi madre está aquí, pero al mediodía duerme la siesta; entonces haré algo por ti.

Y así fue. La pequeña bandolera habló largo y tendido con el reno, y luego le dijo a Gerda:

—Mi reno te conducirá hasta Laponia; conoce muy bien todos los rincones de aquel país. Pero, eso sí, yo me quedaré con tu manguito de piel; es verdaderamente encantador. A cambio te doy los gruesos guantes de mi madre. Además, aquí tienes dos panes y jamón.

Gerda dio las gracias a la pequeña bandolera, montó sobre el reno y éste emprendió veloz carrera, siempre a campo traviesa por bosques, pantanos y aldeas, y así llegaron a Laponia.

Sexta historia:
La lapona y la finesa

Se detuvieron delante de una casita que daba realmente lástima. En el interior estaba sentada una vieja lapona. Parecía estar cocinando algo en un hornillo de aceite de pescado.

El reno le relató la triste historia de Gerda.

—Pobres —dijo la lapona—. Tenéis aun un largo camino por delante. Más de cien millas os separan aún de las heladas tierras de Finlandia, y es allí donde vive la Reina de las Nieves. Aquí no tengo papel, pero escribiré unas palabras sobre este bacalao seco que se lo entregaréis a la finesa. Ella, mejor que yo, podrá facilitaros información más fidedigna.

Gerda había aprovechado este tiempo para calentarse un poco y reponer fuerzas para continuar; la lapona ató el bacalao seco al cuerpo del reno. Gerda le dio las gracias y montó otra vez sobre aquél. Viajaban ahora por los aires y durante la noche pudo admirar las más hermosas auroras boreales. Después llegaron, por fin, a la helada Finlandia, y Gerda, con los nudillos de la mano, golpeó contra la chimenea de la finesa, porque la casa no tenía puerta.

La finesa era una mujer bajita y sucia, que acogió muy bien a los dos y leyó enseguida aquello que la lapona había escrito sobre el pescado seco.

Tres veces lo leyó antes de aprendérselo de memoria; después introdujo el pescado en el puchero destinado a hacer la sopa, pues ahora ya se lo podían comer, y ella no tiraba jamás nada comestible. El reno le relató más tarde la historia de la pequeña Gerda; la mujer, mientras le escuchaba atentamente, parpadeaba con sus inteligentes ojos, pero sin decir ni media palabra.

—Tú eres una mujer muy inteligente —dijo ahora el reno—, ¿por qué no le infundes a la muchacha el valor y la fuerza de doce hombres para que pueda vencer a la poderosa Reina de las Nieves?

La finesa no contestó y fue a buscar una gran piel enrollada que allí mismo desenrolló. Encima de la piel aparecían escritas unas letras maravillosas. Pero el reno, una vez más, le suplicó, incluso Gerda miró a la finesa con unos ojos tan implorantes que ésta empezó a guiñar un ojo, rogando al reno que la acompañase a un rincón, donde le susurró al oído:

—Es cierto, el pequeño Kay está con la Reina de las Nieves. Todos sus deseos y caprichos son atendidos inmediatamente y él cree encontrarse en el lugar más hermoso del mundo. Los culpables de esta situación son un minúsculo pedacito de espejo que lleva clavado en el corazón y un diminuto granito de cristal incrustado en el ojo. Primero hay que extraérselos, de no hacerlo, nunca más será como las otras personas, y la Reina de las Nieves conservará todo su poder sobre él. Yo no estoy en condiciones de proporcionarle a Gerda una fuerza mayor de la que ya posee. ¿Es que no ves lo fuerte que ha sido hasta ahora? ¡Hasta las personas y los animales la obedecen! Ésta es la fuerza que brota de un corazón puro. Si ella no está en condiciones de extraerle esas esquirlas de cristal, nosotros no podremos ayudarla. A dos millas de aquí comienza el jardín de la Reina de las Nieves, y hasta allí podrás acompañar a Gerda. ¡Déjala junto al gran arbusto de bayas rojas y regresa inmediatamente aquí!

La finesa sentó a Gerda sobre la espalda del reno y éste comenzó a galopar todo lo rápido que podía.

—¡Oh! ¡No llevo puestas mis botas! ¡También he olvidado los guantes! —exclamó la pequeña Gerda.

Pero el reno no se atrevía a detenerse. Siguió galopando hasta llegar al gran arbusto de bayas rojas, allí dejó a Gerda y emprendió el camino a casa.

La pobre Gerda se había quedado completamente sola en la terriblemente fría Finlandia, sin botas y sin guantes. Vio entonces cómo se le enfrentaba un regimiento de copos de nieve; eran las avanzadillas de la Reina de las Nieves. Cada vez eran más grandes y terribles.

Cada copo tenía todo el aspecto de un puerco espín o de aves embrujadas, incluso de inquietantes espíritus malignos provistos de garras.

La pequeña Gerda no sabía qué hacer y en su desesperación rezó una oración. El frío era tan intenso que hasta podía ver su propio aliento que, como humo salía de su boca. El aliento fue haciéndose cada vez más espeso hasta convertirse en unos pequeños ángeles, y estos ángeles empezaron a crecer tan pronto como sus pies rozaban la tierra.

Los ángeles, armados con largas lanzas, acometieron a los terribles copos de nieve, y éstos empezaron a romperse en pedazos. Gerda recobró ahora todo su valor y siguió firmemente su camino, siempre adelante, segura de encontrar a Kay. Los ángeles acariciaban sus manos y pies, así no notaba tanto el frío que hacía. Echó a correr en dirección al palacio de la Reina de las Nieves.

Pero, ¿qué hacía Kay mientras tanto? Lo cierto es que no pensaba ni un instante en Gerda y lo menos que podía imaginarse es que ella estuviese tan cerca y delante del palacio.

Séptima historia: Del palacio de la Reina de las Nieves y de lo que allí más tarde sucedió

Las paredes del palacio habían sido construidas por los torbellinos de nieve, y las ventanas y puertas por los cortantes y gélidos vientos. En su interior había más de cien salones y el mayor se extendía a lo largo de muchas millas. Pero todo el palacio estaba vacío y fríamente iluminado por la brillante aurora boreal. En el centro de este interminable y vacío salón de nieve, había un lago helado, cuya superficie estaba rota en mil pedazos, cada uno de ellos idéntico a los otros; una verdadera obra de arte. Y era aquí donde Kay permanecía sentado, completamente solo. Debido al frío, el color de su cara y sus manos era azulado, pero él no notaba el frío, porque la Reina de las Nieves, con su beso, le había robado la posibilidad de tener escalofríos, y su corazón era ahora igual que un pedazo de hielo. Había amontonado algunos pedazos de hielo a sus pies e intentaba unirlos para modelar unas figuras. Mientras contemplaba estos pedazos de hielo, pensaba

y reflexionaba. Permanecía sentado con una rigidez tal que, quien lo viese, podía creer que estaba congelado. Fue entonces cuando Gerda entró en el palacio a través de la gran puerta de entrada y llegó al gran y helado salón. Vio a Kay, lo reconoció, corrió hacia él y lo abrazó con todas sus fuerzas, al tiempo que exclamaba:

—¡Kay! ¡Querido Kay! ¡Por fin te he encontrado!

Pero él permanecía allí sentado, impasible y frío, y la pequeña Gerda rompió entonces a llorar y sus lágrimas, muy calientes, cayeron sobre su pecho, penetraron hasta su corazón, fundieron el hielo y destruyeron el pedacito de espejo. Gerda cantó entonces:

La rosa florece y se marchita,
¡al Niño Jesús haremos
una visita!

Kay también rompió a llorar; y lloró tanto que el granito de cristal que tenía en el ojo fue arrastrado por las lágrimas y éste quedó limpio; entonces reconoció a Gerda y jubilosamente exclamó:

—¡Gerda! ¡Querida Gerda! ¡Pero dónde has estado durante todo este tiempo? ¿Y dónde he estado yo?

Luego miró a su alrededor.

—¡Qué frío y vacío está todo esto!

Se abrazó fuertemente a Gerda, ella se echó a reír y llorar de felicidad y alegría; todo era ahora tan maravilloso que hasta los pedazos de hielo que les rodeaban empezaron a bailar. Y Gerda besó sus mejillas, que cogieron color y enrojecieron; besó sus ojos, que inmediatamente brillaron como los suyos; besó sus manos y pies. Con todo esto, Kay había recobrado la salud.

Ambos se cogieron de las manos y lentamente abandonaron el palacio. Hablaban de la abuela y de los rosales en el tejado, y allí por donde pasaban, los vientos se encalmaban y el sol brillaba con fuerza. El reno, que los esperaba con impaciencia junto al arbusto de bayas rojas, los trasladó a la casa de la finesa, donde pudieron calentarse. Luego los condujo hasta la mujer lapona, quien les había cortado y cosido nuevos vestidos, y además les proporcionó un nuevo trineo. ¡Y prosiguieron el viaje!

Encontraron también a la muchacha bandolera, montada sobre un magnífico caballo. ¡Qué alegría más grande!

—¡Eres un buen sinvergüenza, vagabundeando por esos mundos de Dios! —le dijo a Kay—. Me gustaría saber si te mereces que ella, por culpa tuya, tenga que viajar hasta el fin del mundo.

Estrechó luego con fuerza las manos de ambos y prometió que los visitaría tan pronto fuese a la ciudad.

Kay y Gerda, cogidos de la mano, se despidieron de ella. Había llegado una primavera maravillosa, llena de flores y de color, doblaban las campanas y reconocieron la ciudad en la que vivían. Abrieron la puerta lentamente y penetraron en la habitación de la abuela. Todo estaba como antes, todo permanecía exactamente igual. El reloj seguía

con su eterno tictac y las manecillas seguían girando.

Y al entrar por la puerta comprobaron que habían dejado de ser niños. Los rosales florecían y las rosas asomaban por la ventana; allí estaban aún las sillitas de su infancia, y Kay y Gerda se sentaron, mientras mantenían entrelazadas sus manos.

Habían olvidado, como si solamente hubiese sido una terrible pesadilla, la vacía y helada suntuosidad del palacio de la Reina de las Nieves. Se miraron fijamente a los ojos y de pronto, comprendieron aquella canción:

La rosa florece y se marchita,
¡al Niño Jesús haremos
una visita!

Y así permanecieron ambos sentados, adultos ya y, sin embargo, niños. Y aquel verano resultó ser cálido, agradable y reparador.